命如珍珠

张慧君 著

长江出版传媒

长江文艺出版社

张慧君

1989年生于湖北襄阳宜城，毕业于北京大学，医学博士。作品、译作散见《诗刊》《江南诗》《扬子江诗刊》等刊物。曾获未名诗歌奖等。译有《宁静时光的小船：简·肯庸诗全集》。

目录

I 家园

II 命如珍珠

Ⅲ 另一个我

Ⅳ 书写之手

I　家园

致诗神

诗神，请你帮助我。
诗歌像不尝不知的甜美蜜水，
我尝过它的滋味，愿一尝再尝；
又拜服于如凌驾一切的飞鹰的诗。
请你帮助我进入诗国的竞技场，
它的深处荡漾着友谊的芬芳，
好让喜悦透过我的眼珠。
我掂量着自己的积蓄，
想去燃烧，去白热化，歌吟般写诗。
我想，较量技艺而输了的人，
不会可怜地变为喜鹊。
我还揣摩你，对反对、嘲笑、
蔑视或亵渎你的人，
你不会去审判，去惩罚，
更不会施以酷刑的暴力，
不会爱听鬼哭狼嚎般的凄惨喊叫。
你理解又深入最黑暗的和最明亮的，
精神的黑夜和白昼，
你比个人更人性。
不认识你的人也有他们的途径。
我呢，在自我的窗台上摆上

一盆热情之花，它晒着阳光；
思考，如何才能让一首诗离开
狭小的空间，进入文明世界？

生命之诗篇

百合花不仅是呈漏斗形的花，

也是赛过极荣华时的所罗门的存在。

在人类中，有知己者①，

有日暮途穷者，有怀有自由精神的人，

曾有创办《女反抗者》杂志、

为女性的生育自决权斗争的人。

有丈夫和妻子，但我不在婚姻之锁的

视角中看他们，一个男人和一个女人，

是大地上的两人。我愿

做一个被爱者。我的生命之诗篇，

可以不具体为一双在眼前的如湖的眼睛。

当我感到被爱时，我站在爱的光里，

自然不失秩序、智慧、仁慈，生命

幸运而华美，我感到和一切连接，

联结。比如，一个落雪日，而一年

不会一直是落雪日或仲夏夜。

比如，早晨我向其买牛奶的人。

当我感到不被爱时，我感到世界是灰色的，

---

　　① 同"士为知己者用，女为悦己者容"中"知己者"的含义，即知己。

我疏离。直到有那么一天，当我
感到我余下的一生都被爱时，我会
进入永恒的爱中。它将会帮助我
面对那能在夜半带走壑舟的有力者。
我期待着，当我感到我
不能将被爱与爱区分。

惊　赞

三年了，我仍然常常惊奇，

在这个有熟悉面孔和嗓音的家中，

出现了你的新面孔；三年了，

你依然让我感到陌生。

你的苹果般的圆脸庞，笑弯的乌黑眼睛，

可爱的梨窝，稚嫩的身体，

你的淘气贪玩，

都是佳妙处。

但有时，我在你的脸上看见了一个我，

比镜中的我更生动；

有时，我认为两代人的精华

凝聚在了你这里。

你有九十六公分了，

有时还躺在地上，蜷起双腿，

就像还留有源于另一个地方——

母腹——的旧习。

我已是一个完整的圆，

我不再在自身之中经历台风、

熔岩喷发、狂涛巨澜和痛苦的爆裂；

也接受了我不外露的犀利和讥刺。

我顺从于人的孤独。

也愿你我之间，

无伤害无罅隙。

我经验了你的诞生，

感受了时间，

你牵引我回眸，关切当代，

也愿眺望笼罩于迷雾的未来。

我曾忧虑过你的出生，

现在害怕时间终结，

愿生长没有终点，愿世代有永远。

每逢笑意盈盈地看你之时，

你还唤醒了，我对美的理想的想象。

温　暖

我们在冷空气中走着时，

我给女儿指那又大又圆满的月亮看，

女儿说："月亮在带着我们回家！"

等到了楼下，她又说："月亮把我们送回家了。"

我没有理由喜欢这个样子的自身，

但你却像金子一样好，

你说出的每一句话都披着曙光。

想去赞美你却忧愁，这并非玩意儿。

但丁的一颗燃烧的心给贝雅特丽齐吞下，

他用光辉的语言写高贵的东西。

母亲被女儿激动时，她也着迷了。

又像先民发现了美丽的石头——玉，

匠人花费多少精力、劳动，

开始是对工具和日常用器的贵重模仿，

制造出不普通的玉器。

美浪费人工。当你睡了，

我吻了又吻，你娇嫩的脸，柔软的

唇，你动了一下，翻了个身。

关上门，我在客厅的饭桌上读书，

上面的电水壶和玻璃杯，也是

高贵的。真的，平等被重建了，
在共同生活中，爱也不枯萎。

读　者

"书似青山常乱叠"，我的手触着的木书桌，
不再能一身繁密苍翠。它有这一丝一线的纹理。
太落寞了，我辽远地想着西方思想，
康德的哥白尼式革命，上帝之死，"人将被抹去"。
我辽远地想起 1960 年代和 1970 年代，
想那时候的智识气候，又想着
"福柯的一生也是知识分子在法国的一生"。
在这陌生的时代，在东方，一个平庸的小职员，
也许，也算一个普通、二流但纯粹的汉语诗人，
想着堂·吉诃德，一个
"读解世界，是为了证明自己的书本"的人物。
书桌前，无窗，一扇晴天可骋目，下雨时
轻倩的雨滴敲击弹奏的窗儿。树是什么？

理　念

自沙土生长出大片的
云杉林。沙漠中的植物，
供骆驼繁衍，行走。
在寒冷的地方，驯鹿用蹄子
刨积雪，以雪底的苔藓为食。
在这里，却有束缚我的
锁链。有我的干燥的手，
也算怪美丽的脸。
有供阅读的典范，
展示出一种不同于
会泯灭的肉体的绵延。
有享乐时无需教养的、粗糙的
适意的感觉，却不能
给我不会冷却的振奋。
有我的多愁善感和哭哭啼啼，
它们却使心灵干枯。
有极度痛苦中我的渴求，
它像是奔跑在无尽的深渊。
但今日，清澈惠然来临。
我来到尽头，原来，是理念。

新 生

无暴力的粉红桃花，是谁
漂亮得出奇，妩媚地朝你挨近？
怎样的相似？你认出了美。
你当我是未知的神，献出清芬
香烟般给我散享。而我不过是
整部女性史的河流中的一人。不暴虐的
然而完全的、两性的花，如镜子，
我的头脑也是雌雄同体、合二而一。
此时无露无泪的花，有凋谢的命数。
这是点缀有鸢尾绿叶和青草的泥土，
你的存在的源泉和飘坠的去处，
死怎能遥远？但趁时间还有，
我的幻想的眼睁开。我们志趣相投。
我们离开了不透明的子宫的四壁，
获得了新生。一个孩子，在幼时
得到了幸福，成年后去所神往的
地方居住，钟爱旅行，一生充满意义。

新母亲

自己背着因袭的重担，肩住了黑暗的闸门，放他们到宽阔光明的地方去；此后幸福的度日，合理的做人。

——鲁迅《我们现在怎样做父亲》

我懊恼，我也曾愚蠢地遐想：
总有一天，爱我的男人，他会来的……
谁还在构建爱情和婚姻的绫罗绸缎？
谁织出世间最美丽的布，做成皇帝的新装？
我竟陷入了陷阱、笼子和沼泽。
我的幽怨的母亲，曾带着美好的
想象："他是你唯一理想的伴侣。"
在我婚后说："女儿是你的寄托。她是
一切。"我们共同拥有一个过去，一个
传统，一个文明，一部取决于
技术史的女人的历史，有漫长的
被奴役的历史。想想青铜、铁。随着
新工具的发明，曾带来了女性的
具有世界历史意义的失败。
现代机器改变了女性的命运。
已逝的时光，和我丝缕相连。我想

手握斧头，做点什么①。我愿我对女儿
一直宠爱。她是一个主体。并非
所有姑娘都结婚。我偏爱价值的蜕变，
存在的扩张，朝向世界的超越。

---

① 圣哲罗姆："让我们手握斧头，从根部将结婚这棵不结果实的树砍掉吧。"

失败的创作

写诗就像发高烧，当我写完诗，这次"高烧"
很快地回降、退去，淹没我的狂喜心情遽然消散，
在美好的写作时刻凝聚的强烈幸福瓦解。
忽然幻灭袭来，我可笑的努力，
无法构筑出华辞美藻的伟大诗篇。
不似雍容的宫殿——有覆黄琉璃瓦的重檐庑殿顶、
装饰有骑凤仙人和走兽的屋脊、密集斗拱、美丽彩画，
不似仙山楼阁，庄肃的博物馆，或巧妙的迷宫，
这拙劣的失败之作，是尚未成形，
残缺不全的东西，没有预示完美的因素。

它展示了我的个人史的渺小乏味。
我的认识装置尚待高雅、博学和宏大。
我对生活的转化失败了，如何熔铸宝剑，
刺向恶，或提炼出真理，照耀人心？
在生命之夏，为何我总是望向你，窥伺的
死神？越过美丽的山河、家园化的大地
和喜爱的生活，望向完结？前年初春在觉生寺，
遍体有字体婉丽的铭文的古钟在冷清的寺庙中寂然。
今时窗外，园丁修剪灌木绿篱。

我想象生命的最后时刻，想象自我的消失，

想象那刻我感到与宇宙一体，

幻想我是树、水、石……

是不再焦灼的时候了。我喜欢世上好书读不完，

无数香烟抽不完，酒喝不完，

一步一步地构筑生活。书写观看和记忆，

充盈着热爱的诗，已是半个艺术。

水　洼

今日天气佳，我阅读，沉醉。忽然
头脑中重现，姿态多么敞开的你。
梦呓着的雨曾投入透明的你，涟漪
扩散。绝不缺乏深度，你的深邃
媲美亨利·卢梭画笔下有高耸大树的
圣克劳德公园的林荫道，雨后，当我俯视你
含着的倒影，有色彩明度低的初夏佳木的
枝叶，形状如透过绿荫漏洒的阳光的
几小片天空。你尊重他者性，
伦理地去倒映，映像却少得可怜。
含括自然与文化的世界，是一本
完美的大书。你是乐天知命，还是
感到缺憾？想想水的可能性。想象中，
自海洋诞生了绝美的少女阿弗洛狄忒。瞬时
多么愉快！我以我的水之镜子继续求知。

晚　餐

我回想起我抱着穿粉红裙、花蕾般鲜嫩的女儿，
亲密如母猴抱幼猴，出租车窗外
下午五点钟的光线洗濯、照亮俊美的行道树的树冠，
它们于所见之物中脱颖而出。那时，
我的脑海中再次想象未拆除的轩昂城墙，建设成
环城立体公园，应有一对
恋爱的文艺青年登高远眺西郊的西山与东南的平原，
休息疲劳的筋骨的人们，逛进辟为陈列馆、阅览室、
茶点铺的城楼角楼。我带着女儿去见丈夫及
他的同事们，其中两位带着怀孕的妻子，
我们共进晚餐。摘下口罩又开窗子时
那一刹那我也还快乐地想起那晚同样摘了口罩
昏暗中闻着空气中融满的清香，听声声蛙鸣，
脚步徐缓地接近一座桥又穿过桥下。
他们的谈话很快就使我厌倦。
女儿吃得很好。我惦着我爱埋首其中的书，
我的诗歌学校。我看了看墙纸上许多不能啼鸣的
美丽的孔雀，盘中的蔬菜、肉类。
我实在毫无道德可言。即便下功夫去获得
诗人身份，在诗中用了"真理""爱"等

有美好定义的珠玑般字词,

我毫无道德可言。

诗歌练习

一

从此我将是幸运的诗人吗？我更多是
淡漠自得而非兀傲，疏远新闻和历史时刻，
美好人生或合适的生活就是使我平静的
读书与使我盈满的写作。诗歌，对我
意味着为之疯狂。我已从家人
认为的坦途大道跨出来，踏入一条
宛如浇了佳酿的小路，它比六月道旁的蜀葵
更激发我，我的身体欲望和心理，
有大幅度、传奇的改变。

二

和诗歌待在一起，细咬、咀嚼、吞咽，
喝饱饮足。读质而实绮、癯而实腴的
陶诗时，仕隐进退不是我的问题，也读得
饶有趣味。读谢默斯·希尼，且被他的
诗歌生涯所吸引，他曾寻找自己民族的根，
结合爱尔兰性与英语养育的文学意识，

努力用诗笔回应现实并坚守诗学责任。

三

诗歌练习牵着我的手走，我提问。
写的东西奔向垃圾？"向历史讲话""诗的
介入""位置""功用""良知"，这些
表达让我感到陈腐。曾在精神病院工作，
却最终不能违己。我正视自己的
欲望，不可能将它擦洗为纯洁。暴力
周而复始。我使锋利的刀锋不饶过
自己，思考具有想象性和历史性的
诗人身份。再想一想。

受馈赠

壮丽的夏季，这越来越
确定，某日雕刻在意识中：
我不能将自身和所作所为感受为
善的。一个认识破蕊，
成熟：我不是善人。挤满人的
人类的社会，我不能修补、弥缝。
经由我的眼，"永恒"和"不朽"，
光芒褪去了，不乏虚幻性，我有点
厌弃。哦，暑热，荫翳，
可口之味，美丽的衣服，
对我是善意的。似南方修竹的
爱者，和萱草、佳美的树，
皆使我的感性更甜，让我能
驾驭孤独。一年来寻找、攥紧
使我能不惮死的暴力的东西。
想想我曾精神明朗地分娩。
神，何其深妙。向老翁
买了一盆茉莉，被我当作我的
力量。我须恪守喜怕的客观规律。
我和颗颗结构玲珑的娇嫩花苞对视。
我投入到一场想象中。

解　放

不会有锦绣前程，且日月逝矣。但失败者坚持
读书和创作，期待下一首诗写得更好一点。
我如何活着？在那部社会问题剧的结尾，伴随
砰的关门声，勇敢又清醒的娜拉打开了生活的新道路。
今日夕照下，我欣赏轻巧滑着玫红色滑板车的女儿。
小小滑溜的身体，身着一件碎花连衣裙，
她的心里充溢着快乐，脸上泛出笑容。
当我的视线集中于她，她让我想到蓝色。她美如
马奈的《铁路》中穿着有蓝蝴蝶结的连衣裙的
小女孩和玛丽·卡萨特画中蓝色沙发中的小女孩。
她的背面和正面皆完美。她的整个形象
我记在心头。整个结构化机器面向这个幼童
等待着。这个夏日薄暮多美好，我多希望时间就此
停留啊，却是不可能的。我能做什么？近来，我读
斯宾诺莎的《伦理学》和尼采的《论道德的谱系》，
结合德勒兹的欲望概念，解放了我的欲望。

捉迷藏

当我蒙住眼睛且闭眼，响亮地数数，
轻易知道赤脚的你疾跑起来敏捷如
空中展翅飞翔的海鸥和水域中漫游的鱼。
伟大的尼采的思想，使我从对上帝的亏欠
和债务中解放出来，恢复了我无功无罪、
无辜的生命形象。心终于轻松，
仿佛坠落下去，将抵达深红色天鹅绒或
绿色田野。当屋子明亮而安静，
你敛着看不见的翅膀在藏身处。我寻找你。
这个世界有恐怖、谬见、丑陋、冲突，
但此刻我是安稳的。这也是我在其中
研习、创造诗歌和理解妙合无垠的世界，
是我身处其中填满我的多宝格的地域。
我追求打开自己，非个人化，被此世界触及。

不在门后窗帘后桌子下，打开衣柜的
刹那，像采珠人剖珍珠贝取珠。
我们目光交织。你的笑脸宛若散发
满月的光辉，照临我，你漾出的笑声填满
我迷醉的双耳。你的快乐上升达至极致。
我问时光之神：您前往何处？我恳求：

这个瞬间多美呀，请停留一下吧！

而对你来说，此刻是一个完美的圆圈，

你毫不在意它会结束，因圆圈接续圆圈。这是

一个令我惊叹的证明。这就是人发明

天堂和伊甸园的根源，是无家可归者渴望

还乡之根源，是曾拥有又淡忘的幸福。处于

爱之中，我蹲下拥抱你，我们互相亲吻面颊。

包法利夫人就是我

酒神精神的微小种子已在我心田萌芽，长成幼苗；
本性也兴奋，想要自我完成："是我。"
灵魂深处波澜翻腾。爱玛，就是我！

幸福地大吻她脸蛋的查理，了解女子所做的爱情梦、
以浪漫的甜言蜜语使她越发美的罗道耳弗，
与她在错当作家园的旅馆尽情缱绻的赖昂，
爱玛都弄错了。生活中，谁能如福楼拜的文笔
照亮她？尽管尝试创作，我也常常离开大地
翱翔，又坠落，从绮梦坠回现实，疼痛得不得了。

你像在田间劳作的农民一样勤劳，像苦修者
一样克制、坚忍。技术优秀的外科医生，你
不需要审美，你嫌恶我懒洋洋、飘飘然，
你认为文学害人匪浅，批评我在幻想中生活，
我们这对夫妇彼此隔阂，爱情一去不返。

但我总是习惯在想象中感受他人胸膛里跳动的心。
每个人皆有心灵和自己作为主人公的故事，
我作诗，而后公开展示，不复为失语者，却局限于
我狭窄的知识和观点。于是有时我陷入枯坐，

感到扑空，心里空落落，孔雀羽屏般美的诗人的
衣裳灰心丧气地搭在椅背上，仿佛自梦中醒来。

混乱中又不甘于生活的平庸无聊，用不了多久
我自然而然好似在空中漫步，走进飘浮的云彩。
回想曾经荒漠般的日子，我归功于诗，像把星星
指给人的孩童一般幸福。我赞叹：任何东西
皆是可琢磨的蕴玉之石，任何东西里都存在诗。

爱这个世界

地下隧道里地铁列车的轰鸣听上去不带情感，而
某夜窗子外猛烈狂风的呼啸却惊人，令人惊骇、悲凉。
我面对现实，不想象逃离了，牢笼消失，
这世界是我居于其中奋力实现可能的家园。
不相干、不相识的人们，我们聚拢在一起，
但这里没有一张桌子使我们能围它而坐，
谈谈我们的中国，分享亲身经历，或闲谈。
彼此之间相隔一望无涯的海水，猜不透他人的心窝
是洒满晴光还是滴落潇潇微雨、吹着凉飕，心境
是温和还是因困境生出痛苦，是觉得人生乏味平庸、
不过如此还是有十分甘美的乐趣。我前往的地方，
我将白色杯子视为幸福杯，能读书时就认真地
读与思考。我点燃意义之炬。意义闪烁的火焰点燃我。

心　愿

光阴走得飞快，已经是秋天统领的时候。秋天的
整体，有菊花傲寒盛放和雁南飞的部分，还有……
我正值盛年，有志有理想，没有彷徨歧路的苦恼，
却不能似奔马奋蹄扬鬃驰向目的，我努力着像斩荆棘，
幻想树上结不少多汁的果实，唉，现在我没有果实。
昨日，我前往灵光寺烧香祈求，我什么也不懂，
我喜爱蔚蓝的天色和金晃晃的太阳，喜爱殿宇、院落，
香烟缭绕的香炉，有金黄塔刹的佛牙舍利塔，
我向金黄的佛祈求。少女时自己爱恋自己，感觉
心地是纯真的，现在不愿做有绵绵忧思和酸溜溜的
嫉妒的人，想要变成一个更好的我。离开寺院，
公园里水果摊上的苹果桃橘山楂无花果等等，
陈列着等待买主。日光照射我的粗花呢大衣。

给女儿的抒情诗

那时，你美妙极了，

你戴着我们手工制作的彩色串珠项链和手链，

在沙发上，半盖着被子，吃让你满足的

牛乳味饼干。快乐是你生命的闪光。你对我说

喜欢上幼儿园喜欢做妈妈喜欢在厨房做吃的①。

你如此好看。你如赫利孔山的清泉，我畅饮，

你赋予我灵感。你不是我所造的，永远地遥遥

超出我的创造能力。我想到将我们联结在一起的

神秘的成熟卵子，它的奥秘巨大

而神奇。你也令我惊异。你仿佛

济慈两百年前赞颂的快乐的夜莺，

你的所在，是响着嘹亮妙乐的林中，我在

凝眸注视你时凭幻想抵达放开歌喉的你。

睡前，我亲吻你如丝绸般柔滑的黑头发，

你可爱细嫩的脸蛋。我等待你进入香甜的睡眠

再抱到床上，摘下项链。在等待中，我心想，

你是一个奇迹，仅见到你的人会想什么？

他们会揣想，她的父亲是个英俊男人，她的母亲

① 此句是孩童的童稚语言，指玩游戏时扮演玩偶的妈妈，在玩具厨房做吃食。

是个漂亮女人，她是因深厚的爱情
来到尘寰，这适合对幸福的人讲，对
悲伤的人讲。那刻，我骤然惊愕，我感觉
到了此前从未感觉到的宽容和优雅。

女诗人

青春期时就说出

"不能既是知识分子又是基督徒"的你，

鼓励你的丈夫辞去在密歇根大学的职位，

你们迁至自一八六五年就属于

他的亲人的农场住宅。

和挚爱共同生活在这里的二十年，

似乎是田园牧歌式的。

这里，有你的书房，

你种下又照料的芍药，

它们有女性的美，那种

有着丰满肩膀、摇摇欲坠的发髻的

女性的美；

还有可以做你的禅宗大师的狗

有时，它衔着一根短枝条的一端，

像衔着笛子或雪茄烟。

但所有生活，都不是牧歌。

我更爱你的强大和你的哭泣。

一九九一年的印度之行，

你看到一个夭折的婴儿

轻触着河岸，但你的向导，

不哭泣也不会用手遮住脸，

解释说这是最神圣的地方。

女诗人简·肯庸，你是门，

使我能进入阿赫玛托娃、毕肖普……

我以你们一位又一位为我的统治者。

我愿学习你们的手艺和策略，

使我终能站在踏脚石上，诗歌的溪水流动着。

一个冬夜

良夜，黑暗的夜空中，一弯美丽的上弦月
俯视地球这福地，庄重地问：无限热爱大地
是什么感受？众多树木已失去财产——繁密的叶子，
枝条光秃秃，贫穷但身躯里有充沛的力量，鏖战寒风
和冰冷的空气。男人还未回来，玻璃窗紧闭，
电灯光充满屋墙贴了淡黄壁纸的客厅，一个红色
智能音箱放出催人起舞的歌曲，我们有兴致地跳舞。
被当作宝的可爱的宁馨儿忽然与我和我的母亲牵手，
我们绕圈舞蹈。我握着母亲衰老的手和女儿柔嫩的手，
这是富有魔力的时刻，温馨感觉先一点点进入，随即
潮水般涌入我的深处。我的身心充满乱纷纷的
幸福感。三个人心灵不相通，但超越了彼此间的差异，
快乐地联结，归属于个体存在都有尊严和价值的群体。
我的心灵提升了，我猛然感到，艺术与生活携手了。
美好的思想占据了我。卓越的作家通过写作
在文明中做出杰出的贡献，像释放能量而发光的
恒星；而被名利场诱惑的人考虑名声，期望
被人们爱。真正的写作是付出而非为了获取。

她给了心

她爱的阳光漫天灿然又普照大地。与她
做伴的艺术微喷画中，枝叶郁茂的青松上
攀缘缠绕着盛开的凌霄花。容貌秀美的她
舒服地坐在书桌前，专注地读书。
当夕阳染红天空，去见几个好朋友的路上，
她散漫地想着近来的一些鼓励："文章
且须放荡"，还有别的话。善意真感人。
月夜的街头，已酒足饭饱的她独自走路，
既联系又孤独，微妙滋味在心头。经历了
极长久的时间，这不是人类的第一天，不是
最后一天。北京城像真正的爱人，宫殿，
坛庙，园苑，寺和塔，富有魅力。朱漆柱，
金琐窗，太和殿的屋顶像美丽冠冕；耸立
湖中的琼华岛有如幻想仙境；什刹海遥忆
元代，江南的粮食卸于航运终点，舳舻蔽水。
月圆缺变化。作为一颗黄矮星的太阳寿命几何？
此颗普施恩泽的恒星将会膨胀，坍缩，冷却。
她的生命是变化、有朽的。她珍视生活自身。
芸芸男女好辛苦。她，一个孜孜不倦的人，
想要创造的是触发美感与锐感的诗篇。

春的门槛上，漫步潘家园旧货市场

原始矛盾与永恒痛苦寓于世界之中。
玉走金飞，珠流璧转，智慧加增，我无法
抵达，抵达不了也没关系。终有一死的人们
皆大欢喜没可能，但人间散落着快乐，如亮光。
漫步于市场，我感到战胜了独白的过去。
二月将尽的一日，下午四点钟，太阳低悬晴空，
地上涂抹了一层暖黄色的光，许多长影点缀。
杂七杂八的言语潺湲，如溪水汇流成河。
铺展的地摊垫子有各种颜色，摆满是其所是、悦目的
由金属、玉石、陶瓷等做成的漂亮物件，丰富如
鲜花盛开的原野。生计让人安心。

我面前的，是意义和充实。商贩说：
"西周的，三万块。"那片时有人蹲下触摸
精巧的局部有红褐沁的玉鹿，又起身离开，
也许想起那一规矩：还完价必须认这个价。

工人们看见小山一般崛起在地面上的，
用有条不紊的劳动建造的巍巍高楼。
辛勤且可敬的农人们看见农作物密匝匝的田畴。
我的想象中，智慧在一旁——沉积成的形象

或许金黄而巨大或许是别样——这里无人看得见。
抵达者稀少，它首先要求精力的极致倾注……

但靠支离破碎的那点知识
度过这一生也没关系。衣服保护的每一温暖肉体
仿佛在说他/她珍贵得很，
在我脑海里联成牢固绳索般的信念，把我系于世界。

我面前的一切不空虚。
近了，繁盛的春花招引视线的日子；
但转眼又是花落春残。

凡 间

三尾小小的金鱼，橙红鲜艳，
细密的鳞片闪光泽，如珠片绣，
摆动精妙的鱼鳍，灵动地游弋。
它们生得完美，有仙子气，
会想象自己施放冰魔法的我的女儿，
像发出光芒的灯泡，又像
地球引力吸引我永远的喜爱，
屋子里它们和她的美胜过别的。
但很快因为没养好
也未尽心，它们相继死去。
生时安静而和谐地在水中游，
不像鸟儿会婉转啼鸣，
死时它们也没有临终遗言。
我将滑溜的死鱼丢进抽水马桶，
没有葬礼，没有哀悼，没有
墓穴与墓碑，去吧，
去下水道，去往大悲与空性……
我的道德感因小鱼而难受，
仿佛一根睫毛掉进眼睛里，
我便把它弄出来，如此而已。
创造世界的游戏的孩童，

你把沙堡堆筑起来又推倒。
我看过水果出现腐烂，花朵凋谢，
雪如琼屑飘落，铺积成皑皑的毯子，
予我们以殊胜的圣境，又消融，
我没有号啕大哭。没有经历一次
由五蕴和合而成的有情之人
可能遭遇的犹如剜心的别离、丧失，
我是多么有福啊，美满无他想。

光

我看见这没有"子子孙孙
永宝用"的野心的挂坠。
一块泛出油脂般光泽的
椭圆形的细润色纯的和田玉，
顶端饰有金制的如意祥云，
中上部一圆孔
一颗红色的宝石垂于孔中。
自家屋内，
六十寿的母亲对我显现自身，
戴着第一眼就迷住她的挂坠，
像一位高兴的女王。

祈愿母亲吉祥安康。
我接触光线，使用感官。
仿佛重获童贞
心灵充满光亮
不再因击败死亡的
偶像林立的文学殿堂
而心绪缭乱。
我将烟云迎入心中。

看法海寺壁画

前奏般的清幽的山麓，
连同冬末阳光中器宇轩昂的古柏，
村子北的古意盎然的寺庙，是美好的，
美好如有众多天体的茫茫宇宙，
和这颗不断地转动的蓝色星球。

我为瑰宝而来，
加入数位观赏者之中，
进入幽暗的殿堂，仿若歌声开始。

冷光源手电射出的微弱的光，
像腹部末端有发光器官的萤火虫
发亮于夏夜植被茂盛的栖息地带，
或像家喻户晓的故事里
用以照明读书的装有数十萤火的白绢袋。

十铺精美绝伦的壁画隐于
黑暗，当微光映照，
巧妙的线条和依然艳丽的矿物颜料的色彩
显现，弥漫祥和而慈悲的感觉的佛教世界
显露部分，而当光线移开后

又隐去了。

缭绕的祥云，衬托的花卉与山石水浪，
面容饱满圆润的结跏趺坐的佛与菩萨，
身披飘带的献花飞天，
尊唐宋遗法的工丽而浩荡的礼佛队伍，
还有属于水月观音的宝冠、璎珞、
透明披纱，是艺术的胜利。

我们都想要好事连连，
生命中来临又逝去的诸时刻
是陶醉和充实，是深植进去，
就像观看这壁面上的无价之宝
愉快填满相继的每个瞬间。

那从自然中取矿石的人，
那制作致密结实的地仗的人，
一丝不苟的画士和等级更高的画士官，
死亡作为彻底的终止
已将他们活生生的生命
改造成命运。

上世纪，有人曾在北墙壁上钉了几颗钉子，
拉绳晾洗好的衣服，
也曾像我一样在此呼吸，

肺叶吸进必需物，交换出二氧化碳。

这真实的神圣空间
持续着，在生命之中，
继续活着。
我也活着，拥有唯一的
相比一只蜉蝣成虫
终究经历漫长得多的客观时间的存在，
被宝贵的遗产迷住，
获得喜悦。

亲吻（之一）

我将嘴唇贴上去，
吻到了女儿红润的嘴唇，
她害羞地笑起来，
接着，她等待下一个吻，
一双乌黑发亮的眼睛
那么坦白地看着我。
一个吻，再一个吻，
亲吻像玫瑰一样美丽的嘴唇，
我的心弦和女儿的心弦
一同被撩动。
再给柔腻的
脸蛋儿一吻。
几个吻，是纯洁的，
不是轻薄男子的吻。

造化创造了
我顶可爱的女儿，
我付出鞠育的辛劳。
这生命的羁缠，
小精灵般的孩子，
她使我不会失去生的意志。

屋子是庇护所。
能在幼童心理上
构筑安全感的
是什么？

内部有微观政治的家庭
是向四壁之外的世界
敞开的。
有几次，完毕一天的劳碌的，
发出轻微鼾声的丈夫，
被不安静的女儿吵醒，
他伸手打了她。
我跟他之间有
一道无法弥合的裂痕。
那刻我心疼女儿，
但我相信她，她能打造
一面自我保护的盾牌。

致敬莎朗·奥兹

我仰慕你，喜爱你的闪光的生命片段。

1972年，你以关于爱默生的韵律学的论文

获得博士学位，离开母校之际，步下台阶时，

你发誓不惜摒弃一切所学，为了写出自己的诗，

一个普通女人的作品，不管是好是坏。

最先你以为，你像浮士德一样和魔鬼订下契约，

但你是同自己说话。

2005年，劳拉·布什邀请你参加在华盛顿特区

举行的国家图书节，

而你在《民族》周刊发表了一封公开信谢绝，

你满怀同情和人道主义良知，

造成生命逝去和伤残的战争是你所反对的，

你认为坐下来和第一夫人一起用餐便是容忍

野蛮与专横，一想到她餐桌上

洁净的亚麻织品、闪闪发亮的餐刀和蜡烛的火苗，

你就忍受不了。

我喜爱你创作出的出色诗篇，

形式像打磨抛光的精美宝石，内容

融化我心中冰封的湖泊，使柔情、悲悯、仁慈、宽容

和对暴力的谴责深入我的内心。

我阅读你的诗中第一人称叙述者所讲述的

和关于你的文献资料，感受你的经验，

脑中组织出一个既独特又普遍，能广泛分享的

大地上的生命故事。

一个父权制的加尔文宗家庭，

一位酗酒、情感疏远的父亲，一位软弱的母亲，

受虐而不快乐的童年。

你曾将一瓶墨水倾倒在父母的床单上，

作为惩罚，你被绑在一把椅子上。

世界舞台上有丑陋、冷酷和权力，这在

功能失调的家庭的内部也是同样存在的。

残酷有其渊源，是从坏祖父那里父亲学会了

酩酊大醉和发怒。暴力可通过习得在

代际间传递，形成循环、重演。

而你成了一位充满爱的好妈妈而非

复制了施暴的养育者，并且你赞美

身体之善，以生物学反对神学，美妙而亲密的

爱与性，是治愈创伤的灵丹妙药，是幸福。

将健康忠诚并延续一生的婚姻传递给自己的孩子们

一定会是一如你的写作所做的：传递珍贵的东西。

但 20 世纪 90 年代末，你的婚姻终结了，

爱上另一个女人的你的医生丈夫，宛如一只雄鹿

从峭壁边缘纵身腾起，跃过悬崖离你而去，

你谦逊地承担失败的重量，行完被抛弃者的

从悲痛到恢复的旅程。后来你有了新伴侣。

诗集《雄鹿之跃》打动我的心，搁在案头的
中译文我时常翻读，书中有我用铅笔画的线。

硕果累累的莎朗·奥兹，经过
你架的桥，我认同你真诚地敞开心扉袒露的
体验，我少了些孤独。
你的诗作是我的心灵安慰之地。这个
漫长夏日我叹息于天资才情有限，甘愿变成微不足道
的一棵山麦冬，一棵香丝草，或一棵狗尾草……
你是世界级诗人，我钦慕你，你在我心中投下光明。

无　题

痛苦是强烈而尖锐的，
一颗心碎成一片片。
她将头埋在手臂里哭泣。
隐逸的陶渊明所葆有的
是淳真朴素的本性。
多少世人因为贪婪
而争着追逐名利，
让虚荣心迷住了心窍。
仰慕神仙的李白
不是写道"我愿从之游"吗？
采琼蕊炼精魄多好。
她抬起头，以手拭泪。
她呆呆地感受到痛彻心扉。
决堤的悲伤使她簌簌泪下。
不需要宏大的寰球的
政治经济的背景，
不需要置于历史时间中的
一个位置，也别为
私人伤透了心的经验命名。
最后的呜咽停止后，
她感到屋子如此明亮。

空间里充满夏日的明亮的
白昼之光。
奶油、果酱和蜂蜜，
涂在心灵的伤口处。
在地球上，女人们努力、挣扎，
何等脆弱，
内心柔软而精神歌唱，
如肥沃的土地般有
孕育生命的力量。
繁殖不息，不断地
有小小生命离开母腹
呱呱坠地。

期待最好的

在模铸自己时，我模铸了人。

——萨特

在心灵的土地上，我们应以清明的
理智和坚定有恒的意志，培植出
善和美德的大树，如期地开花结实。
我们应该以付出每一分努力的方式
投身于广阔而深邃的世界，
什么腐蚀人性，我们就反抗什么，
相信人性的改善，抱有最好的期待。
人命定是自由的，对自己所做的一切
负责。我们应该没有遗憾、后悔和推诿。

亲吻（之二）

有这样的可爱且烂漫无邪的女儿，
作为母亲怎能不满心欢喜？
我噘起闭合的两片红嘴唇，吻了
女儿闭着的，里面藏着二十颗
如珍珠、如上了釉的白瓷的乳牙的
小嘴，宛似微风轻触叶子，
或一颗嫣红的樱桃挨上另一颗。
她的完整存在是一个宝库，有许多
光彩夺目的无人能窃取的珍宝。
和她在一起时，便神奇地置身于
她的生命舞台的聚光灯下，身处一个
童稚天真的没有腐败与卑劣的世界。
我从心底里爱她。我一共吻了两下，
接着，我握着她柔软的小手，
她娇声要求我和她一起玩儿。
我们已在黄昏吃了可口的晚餐，厨房也
收拾干净了，接下来该是消磨晚上时光。
孩子的生活是最美妙不过的。她娇嫩的
嘴唇使我怀有的各种类型的爱都更浓了。
胸中充满母性的柔情，我欣然说好。

希　望

每个工作日，几乎在固定的时间里，
她融入无名的人群，乘地铁通勤，
像满满当当的罐头里的一条沙丁鱼。
这天，下了班，在拥挤的地铁里，
像往常一样，她头脑里翻腾着纷杂的念头。
童年不可复归，旧日的梦想已割舍、埋葬；
想想她这些天是如何对待病人们的——
她未能效仿热情的太阳的榜样，温暖她们，
而是面孔平静，心中冷淡；
她还想到曾经由她管床的一位花季少女最终坠下，凋落。
她感到愧怍，一面向自己忏悔，一面走出地铁站。
她路过卖鲜花的，拉二胡的，她观赏天空中浮云的花样，
头顶上空的云是灰蓝色的，前方最远一朵染上微红，
拐弯后，夏蝉鸣唱，清越嘹亮，进入小区后，她听见
锅铲炒菜的声音，她看见垃圾箱已经果腹，她想到
穿深蓝色罩衣、戴黑色棒球帽的垃圾工，他能
亲近香喷喷的东西也能与卑微、脏臭之物打交道，
在电梯轿厢内她听见这五岁模样的小女孩对后进来的
送餐员甜甜地说叔叔好。她加倍地愧怍。
天地犹如迎送过客的旅舍，她心想："我们既要努力，
又要相信司命运的神善待我们，并将人生谦卑交付。"

女裁缝

有人有在其中博览古今的书斋，
有人有充满情趣的自家小花园，
裁缝有备齐了所需东西的缝纫铺。

在这连锁超市的西面尽头
是她的小小世界，也是浩阔世界的一小片，
倘若消失了，不会造成缺失之感，
但它合理的存在，能为周边居民出力：
她为白发苍苍的老人
修补旧窗帘并插好新的四脚钩；
这些日子秋雨秋风送凉，寒冬也会
如期而至，可以在此
订做厚实暖和的棉花被……

一台白色缝纫机被灯光映得亮铮铮，
不通声乐但总是一边快乐地唱
一边缝出平整而均匀的针脚；
数袋长绒棉，白如洁净的白雪；
满架子五色缤纷的布料，彩虹般瑰丽。

这海边港湾，这房屋的地基，

由平凡事物和立身之本构成。
独立自足来自这种根基。
系于此的还有：以自己的方式
献出爱情，爱孩子，找乐子，经风雨。

今日我来时，她正和浓眉大眼的丈夫
在铺外吃晚餐，食物置于木凳上。
然后她粗野又小心地翻过
铺有蓝白格子布的大桌子，翻找我的裤子。

扦裤边的线是橙色的，比逝去的夏日里
我喜爱的花瓣反卷的萱草花的颜色更深。

我要……

我要练习用诗人的眼睛清楚地捕捉细节，
并能用键盘敲出相宜且丰盛的语言。
观察是治疗忧郁病的良药之一，
是塑造心灵美的方式之一。

巨人扛起喜马拉雅山①

严酷的北方的冬天。冷冽而清新的空气。
幽暗的天空。朦胧的浮云。
绝大多数人的生活不似自动轮播的电脑壁纸上的
风景那般五光十色，人类的心灵则比展览上的
宫廷器物还要精细。幸福没有降临于在街头推销
剪发卡的姑娘身上。幸福没有降临于正沉溺于
内心世界的人，她泪如泉涌，哭声凄恻，路边店铺
连同发光的招牌，似大陆般远，直到一位陌生人的船
抵达她这座孤岛：她伴她走了一段路，然后分开了。
我听见行人们的谈话声，车辆的隆隆声、喇叭声。
觉察焦虑并且积极地去认识我自己。要像攀缘植物
缠绕巨人的精神，顺利向上生长。大气的生命品格
于我，是努力的方向。生命起于珍贵，继之渺小，
唯有磨炼，下决心，吃苦如饴，才能终于浩大。

---

① 参见狄金森《我能跋涉悲伤》。

孩童及其他

这是怎样的世界？唯有稚嫩的孩童
天然美好，令我笑容绽放并想象，
蹦跳的珠宝，眨着眼睛的星辰。

成年人那么容易就精神不美，严重的，
心灵患上腐败病症。淬砺，提升，
为本身便是奖赏的美德而努力——
正面的事，是要去做的。

*

雨后，你能看见潜居地下的蚯蚓
裸露，瘫软在光秃秃的地面上。

几个小孩子，展开了拯救蚯蚓行动，
将细长的，你的鞋子会避开的低等东西
轻轻拎起或用小木枝，放进萋萋的碧草丛。
曲折多而柔软的蚯蚓描，是传统十八描之一，
自然界的红褐色的线条到了绿色中——纵然
这世界不存在魔法，不是童话国度。

孩童的常态，与大人的常态多不一样。

*

四季循环，到了冬天，心里静寞许多。
坐在孩子身旁，出神地听她清纯的琴声时，
稀释了的，重又浓缩：自我，信念。

虽然心冷得快要僵硬了，但恢复了温暖。
虽然心成了空荡的巢，突然神奇的鸟儿住进来。
还想到，白雪莹洁，绿野芊绵，火焰热情。

小型地狱

意想不到的是，当她将手伸进不锈钢水槽

并抓住它，不像另两只蔫蔫的，它暴躁、倔强，

它宛如被围困后手下士卒几乎覆没、仍顽抗的将领，

它用钳状大螯出击，钳尖剑戟般刺入她的拇指，

尽管她惊慌地松开它并缩回手，玫瑰般猩红的血沁出，

她像强大的秦王，它如神勇地行刺却奇功未成的荆轲。

它曾穿着甲胄矜骄地在水草丰茂的湖底横行，

现在在小型地狱里愤怒地经受痛苦，没有了明天。

空间浩渺，时间无垠，文明人烹调食物，

与原始的生吃食物并无二致；人类虎狼般贪暴，

并让啖蟹的诗文流传，每一件皮草，鳄鱼皮包，

象牙和玳瑁制品，都彰示真实而可怕的人性的黑暗，

寓言里引经据典的盗墓儒者是虚伪之人的写照，

在善与恶并存，有硬心肠也有好的良心的世界。

春

又是久别重逢，得墨忒耳张开双臂，
敞开怀抱迎接归来的被掳走的女儿，
黯然神伤变成生辉笑颜，就像
遮盖太阳的浓密乌云消散。春回大地。

历史留给了我们，曾乘坐华贵的黄幄冰床，
皇帝观赏箭镞闪闪的转龙射球表演。
记忆留给了我，布满划痕的晶莹冰场上
民众的语笑喧哗。严冬消逝，春天展卷。

一方手帕和恶棍凭空捏造的鬼话谣言
就酿成了悲剧，奥瑟罗原本是再幸福不过的。
我赞美羽毛黑白相间的喜鹊春风里飞，
更想要将人绑在一起的爱。让信任取代猜疑吧。

去年春在名刹里，有人在脚手架上从事修缮，
有人为好运势，在悠扬铃声中跪拜嵯峨宝塔。
今年我能推开昨年推不开的一扇门，青翠是
希望的色彩，茫茫前路值得倾尽努力冲破阻力。

春 季

倾斜的地轴指向璀璨的北极星，
当太阳的光箭直射赤道，多守时，
春天穿着翠绿衣裳和鞋履，簪着花儿来，
开口唱出鸟雀的纯净的啼歌，香气芬馥，
一派导师风度，其信念指引人将痛苦升华。

然而一只无形、威厉的大手，从苍穹拍落
一架飞机，一如打落一颗流星体，一只风筝。
母亲倾吐她的同情，所知所闻的众多悲剧。
她的那顶王冠跌落了，女王变为我的姊妹，
冠饰如雾霭一般消失，地板上有一两缕发丝。

变化到底发生了，我曾害怕她宛似美杜莎，
将我的思想意识麻痹，变成僵硬的石头。
而今我的主观精神世界自在优游。我走在
我的方向上积学储宝，飞到我的深渊之上洗心。
口唇吐出暖语，她仿佛变回芳菲时候，我爆绿芽。

半睡半醒中，恍惚听见她快速走来

半睡半醒中，恍惚听见她快速走来……
若我是谙熟自身中的卵石和鱼儿的山溪，
她是一只前来饮清洌甘甜的水的鹿，
我的眼睛是精密的摄影机，她已进入了
镜头，是画面当中的主角。

侧卧着看她，睡意半消，我却像个行人：
将淡淡香味漾送到面畔的春风，拂动着
一株海棠树，载送片片粉白的花瓣飘过一堵墙，
轻轻地落在我身上，我驻足，小停片刻。
我把眼睛凑近她的小脸——她已躺在我身旁。

这还是爱最好的样子，完整、单纯、古老，始终
不渝不灭，在丑恶的现实中为个体建筑出
这样的房屋：一个幸福、明亮、令人轻逸的空间。

是在暗藏、满布着危险的人世

是在暗藏、满布着危险的人世，
我们寻求欢欣，可是不知哪一日
被危险兜到网里，担受厄运？
当处于家常的安乐时，深知自己
在未经考验之前不能称之为具有美德。
什么腐蚀了人心，这作为文艺的主题
多合适。实际上对于尘世中多式多样的
黑暗、痛苦、罪戾，文艺无济于事。
只是照旧由生存的欲望引领度过时日，
艳阳天独往西郊看山水与繁花的秀色，
此时节平常走路时被花穗垂挂的紫藤、
一丛花色淡雅的珍珠绣球迟缓了脚步。
相比忙碌采蜜的蜜蜂、吸蜜传粉的蝴蝶、
装点四处八方并为共有家园尽本分的植物，
我迷惘又迷糊，观看时我在寻找什么？
一旦情思空虚就找东西填补，又是小人物。
而我写这首诗时，在诗的功能的引领下，
知道了我带着一颗在寒冷时结霜的心冀求
见到我们这时代中的好品行、把光芒洒播的
德高者：到底来自美德而非修辞和墨妙的照耀。

未完成的宇宙

> 我能够精准地算出天体的运行，但是我算不了人
> 类的疯狂。
>
> ——牛顿

仰起面庞，光里有千万颗多截面的钻石，光，
连同深根的葱茏绿树、万世共享的悠久的天宇，
在我心里造山造海——欢喜而舒畅胸襟的时刻，
那种远离尘嚣的时刻也很好，埋首翻译和研究，
捧读传记时满足得好似深海里贝壳中的珍珠。

可是当那易于幻想却无从得到，从未尝过的果实，
将欲望撩动、鼓舞、俘获、燃旺、折磨、啮和绞，
这时候会使你挣扎得多苦啊。但愿盼不来的胜利
只是姗姗来迟。多无力，拉纤般的努力没有能让
美梦实现，垂头丧气，就不能守分绝所欲①吗？可是
那滋味该有多么甜美，真想得了所求，边笑边品尝。

人生是痛苦的，打个譬喻，对纯真的姑娘来说，
爱是存在的全部，想望它是对强烈感觉和意义的渴望，

---

① "天命有定端，守分绝所欲。"——李白《空城雀》

但结局却总是幻灭与击打，于是一个课题在她
是承受痛苦并从中学到一些重要的东西。
存在状态主要是孤独、恐惧、满心忧虑和绝望。

拿这残缺、缺乏、未完成、不完整怎么办呢？
把小的个体融入广大的未完成的宇宙吧！它满意于
有序旋转的天体的节奏和自然界的天籁，可是⋯⋯
安徒生笔下的小女孩把火柴擦亮，它布置了
灿亮夺目的大火球，却不见一个乐园。

它的愤怒就是我们的愤怒，愤怒于战争、腐恶，
它的泪珠就是我们的泪珠，渴盼良善而进步的人间，
它的欲望就是我们的欲望，教人何为理想。
寒冷而黑暗的宇宙中的恒星的光芒，笼罩我和四周，
责备充满灾难的地球，在大地投上梦幻世界的光影。

Ⅱ　命如珍珠

普通的生活

女儿，我的宝贝，她的
需要和欲望是简单的，
我尽量都满足它们，使她的
情感晴朗无暴风雨。
当我甜蜜地抱着她的身体，
就像怀抱花朵或水果。
有时在夜晚给她我的臂弯。
是的，灵魂是肉体的监狱。
就像动物一样吧。
我继续看那写在我头脑中的，
找到思想锁链，然后改变。
既然普通的生活没有坍塌，
一个晚上，我们去女儿
幼儿园的同学家做客，我从
丈夫从甘肃环县带回的
雕镂精细的绚丽的皮影人中，
挑了一件，送给主人，
女儿折叠彩纸，贴上
双面胶，说做了一封信，
表达的是"我喜欢你"，送给朋友。
我仍会感到不属此类，

丈夫仍会差点抑制不住向我的咆哮。
我是社会的生产力中的一个细胞，
我是家庭中的妻子、母亲，
我的人生的时间，哪些
是自由的？我没有释放为
女浪人，时代的女人。
而面对时间的铁律，
尚强壮的父母和活泼的孩子，
这一幕是哀婉背景中的赞歌。
我从来未能让一瞬一刻停止，
我的普通的生活没有坍塌。
这个夜晚，后来飘雪了。
第二天，雪茫茫，树木的枝条上
有蓬松的雪，树干的树皮仍粗糙，
地上有白雪踩脏的雪，堆的雪人。
活着，是长久的战斗。

人，一种尺度

哦，我们文明中隐蔽的蜘蛛般的母亲，
作为强权的化身的父亲，
我曾想对你们进行凛冽冷峻的批判。
而当我进入具体的生活与存在中的
时光越久，我理解了复调。
写，也不是胡乱发泄，滥用语言
能颠倒荣辱的力量。
我的父母有白色的发丝，它们
像落日、晚霞一样几乎使我心碎。
在北京，早晨，我看到了远处的山。
我那家乡小城，不是我梦想的地方。
而我精神的栖居之所，要是有一扇
物质门，比如，一扇木门，就好了。
投入，投入情感生活吧，
气味可以相互沾染，
小东西可以打败大东西。
而人啊，我要刻在心中，
人作为尺度，不用来衡量万物，
而是衡量权力的。

还乡人

如果人类想在地上有一座乐园，必定得用自己的
手来建造。如果人类曾经失去了一座乐园，必定是用
自己的手捣毁的。

——何其芳《乡下》

从北方回到了在悠悠汉水中游的
家乡。终于，一双手给我记忆中的
那个孩子，送来了一颗糖果：
我和女儿，成了一对姐妹。
我一件件擦拭蒙着家乡灰尘的玩具，
门外是两个带着怒容、固执的人的
脾气不好的争吵。三岁半的女儿，
有对两岁的记忆："外公和外婆经常吵架，
我说不要吵了，他们还吵。"
但这里于她，是不受撼动的乐园，她布散银样的
时圆时尖的语声。我竟骤然觉醒。我曾是
一个敏感的孩子，自童时，我遭受了，一只
黑暗的手的施暴。我上下四方找寻痛苦的
名字和缘由，现在，我认识到了，我个人的
苦痛的位置，我几乎要清晰地

勾勒出一代代人的观念了。

我哀愁，为寒冷。但我会健康，阔大。

拥　抱

这是我啊。面带
微笑，伸出双臂。
拥抱幽艳秋天的光。
拥抱风，它动物般舔了我的脸。
我心乱了，忘了脚下的路。
我的口袋里，装满了
词。拥抱脆弱可爱的叶子，
仿佛若用指尖触碰，是
黄色的蝴蝶的翅膀，用指甲
轻擦，有金粉落下。
我愿邀请几片
来到我的心的穹顶下。
那里有许多让我倾倒
由衷喜爱的居住者：
精美的花瓶，早春
正怀孕的蓓蕾，一片初夏
青草地，一阵
吹走阳伞的海风，文明，
作为整体的人类的过去。
给我一记教鞭！
怀有不畏远征般的勇气！

既然伟大者们已像攀登

阶梯般，到了遥遥的荣耀处。

拥抱艺术与日常生活经验分离。

拥抱艺术与生活并无分离。

拥抱凡人脸上广阔的安静，

虐待、折磨、残酷也不会略去。

轻声笑。咯咯笑。

没有墙！

并非有现成的爱转变了我，

我的疏忽粗心冷漠。

爬出使人堕落扭曲，

涟涟眼泪沾湿脸的

有恶与死的网罗的深坑，

辛苦将痛苦、悔恨和快乐

做成了强烈的爱。

世界之美

真的是秋天了，
天气凉了，
整理衣服，换上合季节的衣服。
工作要继续，
生育和养育是牺牲。
家里有做不完的家务，
还要重复地为女儿读书，
陪她搭积木，玩彩泥，唱歌，
而母亲分担了许多。
母亲被困在这异乡。
但在家乡，关起门来，
父亲仍习惯地辱骂她。
疲惫不堪，
女儿睡后，可以休息了。
我震惊于"人生何如，
为什么这么悲凉"。
我爱真理有美和愉悦伴随
进入我心，
但有时，真理带着痛苦
来到。
鉴赏和爱皆是难事。

我醒悟在世界之中
为自己做舞台布景是不对的，
我将从此热爱真实。

裂　缝

脂我行车，策我名骥。

千里虽遥，孰敢不至？

——陶渊明《荣木》

世界的粗糙扞格的部分

将我掷回。

我回撤至由柔和的感觉

构成的家中，失灵，

畏怯，赤裸，像孩童，

却只是一个赝品。

我的三岁的女儿和世界的关系

是完成了的。

但隔着裂缝，我竟遥望了

天地。

天地如奥秘如精髓，

宏伟如纪念碑，

可以拒绝我，

但并不杀死我。

骨头渴望血肉，

贫乏渴望丰富和满溢。

我还仰望了人类，

泛起深情，

斗胆直面上帝，

为人类一辩，

拒绝地狱。

泥土已足够带来安慰。

是的，贞脆由人，

我须积蓄勇气。

我也要驾驭我的马，

狡捷又勇敢彪悍，

不为别的，

为了伸出一双善良的手。

命如珍珠

当你罹患肿瘤时，

我选择了读医学，

陡然认识到健康多么重要、珍贵；

当你依然频繁发怒、感到无聊厌倦，

眼看这一生也得不到你想要的冠冕，

我选择了研究抑郁症。

无论我怎么做，

也不能使你开心快乐起来。

悲伤的河流发出声响，

在成熟的成年期，我终于清楚了，

我不过投下了一根树枝，

扔下了一块石头或泥土。

我可以走自己的路了，

我还要用更美丽纯正的话语，

替代你的话语，

我要擦除你的教导。

我还要叛逆到底，

和自己重复"没有""没有标准"

像重复咒语。

我要自由地嬉戏。

终于我明白了，

无论我什么都不做，

或做什么，

我都命如珍珠，命如草芥。

我，皮肤更粗糙黝黑或更细腻白皙的人，

咖啡馆熟悉我的服务员，

穷人，混合一起的微凉的风与微温的阳光，

动物，植物，紫禁城，雍和宫，

当仰起头找到几颗星星时

手舞足蹈的女儿，

我们皆一样。

钟形罩突然被掀开，消失，

世界广阔，澄澈，不那么危险，

我拥有它，合着韵律行走。

承　认

不能唤醒身边人，说
"这束月光多美"；
室内，没有两个趣味相合的
诗人。月亮正悬在窗外，
接近圆，显得很明亮。
它宣告着美丽、冷静、高贵，
不同于草木，不同于黄琉璃瓦，
不同于脆弱、易损、思维变幻的我。
一些黑暗被驱散了。

不可逃离

这时，还是午后，阳光透过矩形窗户
照射进来，为木地板施黄釉和授粉。
女儿眨着浓密睫毛下未开化的眼睛，
在我的陪伴下，胳膊和脑袋如鹤嘴镐般
掘入玩具和图画书。哦，有寓言，童话，
歌谣，认知书，伴随着持续不断的语言游戏、
练习范畴思维、述谓和模仿，她将完全的快乐
浪费在它们上，所有的神采光芒和光线啮合在一起。
天花板和墙壁组成一个倒转的婴儿床，罩住我们，
使她能免于，风吹雨淋。我望见了，无比
漫长的童年和青春时期。
她的内在时间之流，缓慢，壮阔，她的未来感带有
赤道附近热带地区的夏之风味。
但我想要逃离，在我的黄金时期，害怕荒废。
尽管，这时的感觉比带她去动物园、海洋馆时要好些，
许多珍禽异兽、斑斓鱼类虽在场，
却弥漫着残酷监狱和萧疏末世的气息，不断取消创世。
傍晚，我逃离了一会儿，在电影院的红色椅子中——飞翔。
当我回来，他们已将几个书架格子清空——
我的，我的书，需要清理、丢弃，它们是垃圾。
说陈词滥调、予我规训的母亲，予我规训的人们，

你们对我的世界的了解是肤浅的。

对峙，悲伤，抵御。我的脑中响起另一个声音，"翁贝托，
为何你虚度生命，没有一丝快乐"①。

我缓和下来。

无人知晓，我已遇见了我的缪斯。

隐秘中，"他"可以是一个女人般的男人，

一个关于撕裂和强烈的经验，

带来不会腐朽的因和果，

就像日光普照，冰雪消融，然后生命之花怒放。

然后，是"她"，飘逸又忧愁，带来朝圣的引线，唱着爱
　　之歌。

她就是，"从前风闻有你，现在亲眼看见你"。

最终，它就是普遍性，是存在于同类之间的共鸣之可能性。

还是，你害怕承认的母亲和女儿，

她们的脸庞，每一天，另一天，几乎让你

相信了合目的性。

夜晚，我与女儿共眠，和家中的绿萝、虎尾兰

窗外晴朗高空中一轮未满的月亮，

一起下意识地呼吸。

---

① 出自翁贝托·萨巴的诗作《格劳科》，江鑫鑫译。

我的心灵尽管混乱

我的心灵尽管混乱，
众多缤纷的信息从一幅幅印刷的
画作中传递出来：
这一对靛青色的鸾凤，
或近乎银灰色的树和草堂，
梧桐宽大的树叶，月形门后的书格，
略显疏狂的芭蕉树，
那些随身物品如卷轴和弦乐器，
与制造幻觉和错视、并置心象和真实生活的重屏，
映照影射出怎样的世界，
并催眠、浸染你？

在容纳时髦的室内装饰和精致的摆设
的空间中，
单扇或多折屏风
遮蔽又创造，因此，诞生了
新的空间。
它，就像这样的诗——
是幽深的。

突然，我想起

那彩绘的辽墓壁画上
那簪花的乐人；
还有两扇门，
一个人捧着盒子迎面而来，
另一个人捧物而去，
这原是一个"出"，另一扇又通向哪里？

多想把自己也刻在永恒中，
我再次俯头凝视一幅画中的玲珑小犬和丹顶鹤，
进入美的庞大的家族。

哀　泣

这些还不足够吗？枝叶婆娑的树，突来的阵雨；
博物馆凉爽的展厅里展出的双目低垂的石雕菩萨、
骑着金翅鸟的毗湿奴像、各式有着精巧纹饰的器皿、
一些过去的货币、《布施锡兰山佛寺碑》的复制品；
和无法解释的生命的力量。
当然，还不足够，对经历着时间
却仍然没有纵深的历史感的我们来说，
对同时拥有物品的餍足和景观的荒漠感的我们来说。
每当我感到忧郁之时，你让我去看"人们"。
为何我不能像有着窥探异域并掺杂想象的眼光的汉学家，
写下如"八世纪时，扬州是中国的一颗明珠"这样的
　　句子？
许多年过去了，我仍然是二十世纪末的那个孩子，
在风雨交加又停电的夜晚，拿出家中备着的白蜡烛，
凝视微弱、闪动的火光，却对庞大的世界一无所知。

给所有我亲爱的人

一、断乳

女儿每晚喝完奶后摩挲着小肚脐入睡，
这微妙的细节令我想起，在起初共眠的日子里
我也曾抚摸着曾外祖母的乳房入睡——
想起那萦绕撕心裂肺的哭声的断乳之夜，和
所有的安慰！终此一生，我们从一种移向另一种——
以抵抗痛苦、丧失，今天又抵抗
聪明、钻营、形式的知识分子生活、自嘲；
和死亡。有时，死具有美感，譬如天鹅之歌、归逝
于恒河；我想起曾外祖母去世后，在例行程序的中途
她的子孙们自发地在医院空地上双膝跪下，
依稀数排人，哭泣——那是我最初的记忆，
也是第一次见证，见证一个人的品格所拥有的力量。
但更多时候，死亡映衬下，今生和事物格外地美。
我多么热爱事物，也爱它们面纱后的精神性、超越性、伦
　理性，
一个时刻，我爱这全部，另一个时刻，我爱一个胜过另
　一个。

二、羞惭

我期待活半个世纪以上，这个念头

使我羞惭。我的祖父，一九二六年生。

我的祖母，曾将不少药瓶摆列在我童年时

最心爱的房间，仿佛它们都是珠宝。

她看出眼前这个正为初恋烦恼的忧郁少女没有

善于倾听的耳朵，尽管我已同时是山鲁佐德和国王，

多少故事，讲给偃卧、睡着前的自己。当我疑惑于

一个人何以能在场于另一人的痛楚，

并想要追溯令我羞惭的万古愁时，

而今剩下难以脱手的旧房，旧照片，和她的烹饪的湮灭。

世界裹挟着我们变化，于是有了表述的需要。

要抵达幸存者式的和解。镌刻现在，即是镌刻记忆。

但即使这，也令我想起我背弃了医学生誓言，

也曾无法治愈，不忍做冷酷的诊断，

想起所有的，人的徒劳无功。

准备：从思想到现实

度过一段内省、散心的日子，
为了培育再次在人群中一起通勤、劳动、吃喝的勇气，
为了再次认出地铁、宏伟庞大的城市和不多的古代建筑。
若我们的身体融合，我的心灵却感到被摒除；
当身体无法融入，我却会属于那不受保护的部分。
但照看自己在于什么？
毫无预兆又必然地，这个时刻，到来了——
给生活一个强有力的结构，
进入深思熟虑后的伦理。

想想爱。想想我和你，我们竟像
囚于不同笼中的动物，
无法触碰嘴唇，也无法将两个愿望
合为同一个。
几乎是这样，爱越冷却，人越节制、平静，
但仍然，这是守信、被需要的爱，也是
爱的阴影。
我学会去接受这流水的命运，
和简洁又充满眩晕的存在。
我渴望蜕变，不再无助。

照顾友人，

和友人走在有迷人的郁金香的公园里，

相互激励，劝勉，慰藉；

倾吐家庭的故事；

在夜色、微弱的月光、植物的香气中

多做停留；

清晰地认识世界，学会举隅法。

哦，双生的激情又到来了。

但我们却知道，最独特的声音

是接近无声的低语。

在期待中

西蒙娜·薇依，羊群之外的羊，
以在外面和承受地狱深处的方式，
同时暴露体系的优劣之处。
这是对的。一切应得到综览。

你爱在水边，进行冥想，
在你说夏天这里将变得像一片热带森林的地方。
你邀请我加入你。

读着薇依给佩兰的信，
一种深沉、不可言喻的共鸣被激起。
我的巢室也要求得到扩张。

它希望变成城堡或沐浴着有神话色彩的光芒，
它为什么不能变得像梵蒂冈博物馆、波波里花园、
凡尔赛宫，或达利的位于利加特港的故居？
我幻想橄榄树林的一阵风，
我看见鱼的游动、花朵的绽放，
所有世纪在今天的流通。
贞洁变成了古董，请抛弃"肮脏"这个词的错误使用。
和所有与你不同的人打成一片，

这是对的。

或试一试这样。
在那个内容受限定的词之前加上"非",
便意味着萨满教、卡巴拉教派、阿尔比教派……
我希望在那预留的奥秘之处及错谬之处继续沉思
自火中看见义务。
让"平衡"的念头,
盘桓脑中。

而你,你到达你的梦寐之地了吗?
在那里,不会有你近来的困惑;
在那里,仍然有你热爱的短暂之物;
你也不会被遣返或驱逐出境。
为何我不能告诉你,
有一个夜晚,当我在你的枕畔偷偷哭泣,
我祈祷,而言辞全落入了虚空?

在那里,甚至竖立着燃烧的巴黎圣母院。
我将用我擅长的私密、贴心的话语
和你交谈,
颓废和饥渴也是给我们的一种回报。

山　水

我像草原上的羊安然度过了又一个冬天。

春日天黑以后，偶尔遭遇梦魇。

这个清晨醒来，适当的气温、适当的湿度——

看着太阳升起，由红色变为黄色，轮廓清晰的圆

变得模糊，放射出光芒，光焰修长。

这不暗淡的形象像诱人的食物。

向着太阳扬帆，向着沃土、树林和晚樱，

东边的海和南边的江水与湖，

仿佛可以牵动的水波，和山水里的精神。

领悟那肮脏的变为干净的，那纷纭的变为简淡的。

除此以外，我还能怎么办？

门

这一切，
我可曾想到？

对回归的人来说，
泉眼不会再次枯竭，
形式总被破坏。
这个不可猜度之处，
霎时涌出天籁，
或泄漏通向某个庭院的台阶？

但我也容纳你这类人。
当你说"满城黄金"，
我说"满目废墟"。

但一切并非原封未动。
人的手是否能修复被毁坏了的
精细蛛网？
人的脚是否适应
毫无摩擦力、并不粗糙的表面？
我一面精简脑中的新雪，
一面徘徊着。

然后，像任何一个会衰老的人
更炽烈地去爱，并渴望长寿。

这时，
我们是在哪里？

静滞的人

你来到了被世俗事件所遮蔽的
背后之地，空气里是天使报喜般的氛围。
因一本书早读到而感到不缺憾，
漫游，却发生在不能成为学者而常举酒夹烟的你身上。

全知全能者，他的眼中没有消失点。
但你从霍珀画中那匹带着翅膀的小红马，
街边咖啡馆跃到现实的庞然大物和荒诞，
仍需时间的流逝。唯有关联性和延展性让人舒适
而非逼仄。而不准确的内在风景也使你警惕。

终于不再被禁锢！仿若到灯塔去。

在这些九十点钟你才刚刚出门的日子里，
你嗅着冷风中的几缕春风，承认一片和平的云。
生命之网铺开它千丝万缕的脸，无人会注视你
却仿佛有一位爱者欣喜地看着你，说你能给人安宁。

卑微的人

白瓷茶杯在我们之间传递，
情绪的金色光芒令我目盲，它们，并不
稀薄。我轻咬小蛋糕，看你燃起的蓝色烟雾。
卑微者想要完成女性诗歌。而你继续教导我
如何善待血脉相连的人。

在神话中人们树立典范，将梦想、
德性、本质和力量投射到形象中。
我也无法将对他人之爱收回。

快要进展到春天了——
一个高音将继续进入出壳的雏鸽、被浏览的
花丛、岛屿、渎神和冒险的欢爱中——
嬉戏——我的意志。

在诗中我学到，猫咪
也会梦见布巴斯提斯。一只
喜爱皮革的猫咪，
拥有苦涩的欲望，依然酣眠。

你带来的风景中，也有那些普通的人

为自己辟一方幽静之所，

时犹未晚地沉入令人崇拜的偶像的语言中。

不如做一个下降的人，远胜过白光。

位　置

一

植物礼貌地呼吸。拨开绿色的叶子
黑色小虫从泥土表面飞起。
我将水浇入那幽暗之中。
一扇大门落下，没有争执，也没有嘲讽。
这些天，我沉静而自律，仅仅想到
理性的界限是道德情感。
我走入一种隐士生活之中，
夜晚有时难以入眠。

二

认真阅读中，二十世纪——
昨日的世界，是我们要继承的。
那些晦暗，一如医学课本里
被赋形、命名的病菌，
被我熟悉。

云朵移动时，寂静无言。

冬天消逝之时，将会有春天。
浮云暂时遮住了太阳。

尽管，我未能在全部工作的视域里
看见。

善

更多时候，我们遗忘了我们是受造物。
而善脱离了人性，比生命更伟大，
在天上有无拘无束的行止。
它脱离了一切质料，
是不会毁灭自身的普遍立法。
但我也热爱当它作为一种装饰，镶嵌在
禀赋上：勇敢，坚韧，
温和，乐观，机智……
这时，它如为爱情而佩戴的闪亮戒指。
在含混的经验之地，它依然影响意志。

起 火

另外拥有一个房间

(这似乎将要实现)。

如同在梦中，我可以创作出

柯勒律治《忽必烈汗》那样的诗。

我该怎样布置它呢？

它应温馨而雅洁。其中，

不会上演我领略过的如章鱼、

吸血蝙蝠或被剖开的鱼般的

场景。我们都厌倦于对丈夫的谎言。

时间来自昨日，又通向未来。

我深深沉浸于哪怕是陶瓷或烛台。

鲜花和书本将会每周更换；

流连和留存也获得了美的形式。

一场大火将毁灭这里——

炽焰燃烧着，空中飘着烟雾，

后来，世界静止下来，

地上覆满了灰烬。

Ⅲ　另一个我

存　在

写字楼、格子间是一种冰冷的
存在。楼宇幕墙悄然裹着历史地
形成的工作伦理。那可能改变恶者的
稀有的同情与怜悯不由这里生产，
它也不生成相爱的人。这台机器，
无情碾轧不能适应它的人。
我和朋友在其中工作。我怀疑，究竟
自己能否做世上的盐？教我们灵魂
歌唱的一切，连着我如细丝绞着的心的
痛。我想象，不曾有人不爱浩瀚的海洋，
恋人带给的可在睡前回想的记忆。
人还想要感受他在活着，热烈，无畏，
足以魔法般、丰满地活着，更足以活在
另一人、另一些人们的心中。

八　月

紫薇花开着，步履不停。
人生的羁绊，在消逝中到来。
母亲、丈夫、孩子，借用了
已臻成熟的，秋天的苹果园。
他们偶然，被给予，能使我超越
精神。为着生活，我学会分享普通
事物中的力量。为着生活，我学会
眺望。这透彻的目光，那朴素的东西，
那些被光所照亮的，我的命运，
到来。那些色彩、形状，那些源泉，
在我的生命，种下第一株苹果树。

另一个我

秋日将至，而你，
终结了我小鼠般隐藏起来的疾病，
当我分娩后像我母亲
那样，渐渐失去了健康。

你对这干枯的体系，
提出了你的建议。
你，我的领航员，
有着独身女人的聪明、骄傲。

你不会像我们那样
对待无辜的孩子——"我的
甜心宝贝，我的提线木偶，
如果不是你，我的生活将不是这样。"

你从简·奥斯汀式的老姑娘形象
读出了幸福的甜蜜。你的乳房洁净，
不曾有裂口，你的敏感内里，未被蚕食。
你至少拥有一张属于自己的书桌。

而当我每晚服下药片，

我就看见你，紧挨着我的缥缈影子，
然后是一枚内视的水中的月亮，
衬出我的愚蠢茫然的脸。

在深深的幻境

五月份的某个礼拜五，
我将自己驱至疯狂——
群蜂簇拥着的女王蜂。
我醒来在一个有别样时间感的
房间，穿着和模样像爱好
同性的人，像一个用了防腐香料
的木乃伊，在这个房间静静躺了
不知多少年醒来。

那些向我耳语的叫我看看这
普通桌子椅子，仿佛有精灵像小虫
在其上爬，想让我抚摸。这里的
死亡，是没有死亡，令我
完全地困惑。这是一个我醒来时
我的同伴旋即消失的房间，她
走到门外，我的心倏然
被害怕紧握着。

但这是一个再普通不过的房间，
却像天堂也像牢狱。我无须
对抗它。从外部看，我仍是

那个寻常的女人。从内部看，
我住进了我里面。这是
第一次的远足，令我记忆犹新。
后来有阳光静静照耀蜜蜂飞舞，
草叶河流花园——我舒展完我的
腰肢。我因认识深处的我变得完满。

沉睡的东西

之前我不能去故乡接你回来。
之前意味着，我还没有恢复健康，我还
活在语言里。这不同于
两岁零三个月的你，用娇嫩的嗓音
表象事物。我是你冰雪聪明的母亲，
已活在美丽中，策划着向心爱生活的
逃离。我仍处在，和理想、观念的关系中。
我从机场接你回来时，你掀开小衣服，
向我展露柔软可爱的肚脐，小食指
按在上面，表示我们的相连。
你知道，你是从妈妈肚子里出来的，曾有
一根生命线，连着我，连着你？
我的愤怒，顿时熄灭。我还活着。

我的孩子，在分离长达三个月后，我走在
你的左侧，而你步子更小，却堪与
天使同行。我的体验自然比你的
要深，我二十九岁，能听见
事物说话，语言流动，智慧回响，
了解坟墓是如何构成的，却唯独不擅长
糟糕且不重要的生活。在文明传统中，

我是那一个少数派，当炸弹
仍然存在。我珍藏有你在我腹中时
的超声照片，我想，你是家族的
一个新种类吗？你的世界，将是哪部分？
学习心理学的筛选：请你说出有关
人类情感的至少一百个词。我把礼物
赠予你。而你终会这样对我说……
如泉水叮咚作响。

Ⅳ　书写之手

清　晨

我醒来。第一眼，看见一双
明亮生动的
婴孩的眼眸。

眸子里流动对依恋的恳求。
唯有它们，能赋予
普遍的、概念的人类以爱。

我醒来。广阔的草原，穿过
一株被囚的绿草。纯粹的理性、
饱满的感性，联合头脑里所有的
天赋观念，和我一同醒来。

这里，是分界线——
每天一次，就像一个人
来到一座明亮的飞机场
站在接机口。

穿夏日的衣服的人们，
到来。
梦幻的传统奔驰。

梦幻是最轻的。对天堂
光辉的深思也到来。

精神医师

已目睹了很多，他终于
明白，身体是人们的政治属性。

他进入了一间
大房间。

他想，若世界原本皎然可见，
或许无须雄辩。

最令他惊奇的人性，被引向
批判，亲属对亲属的爱。

每个伟大头脑像蜂巢，仍有
私人的激情，不是沉寂的。

绝无仅有，人们认真地
向他敞开。无人

能成为一个一，他懂得
并非所有人都爱好施威

也并非没有人愿意成为
道德上的激进者，友爱

仍会到来，
在肉体中存在。

赤裸的欲望，
流泻在人们的面容上。

他痛苦地想，他倾听。
如此多的声音！

男人与女人有复杂的天性，
发出世上常见的、痛苦的声音。

他多么惶惑。
他又渴望能洞晓。

代代重复

无论如何也想象不出
成为母亲之后，爱将如何流逝

譬如，无爱的婚姻、阉割梦想的
漂亮地毯和男性的面孔，
都冷酷如暴君。

想起你的父亲，想起
世界的另一半

他们仍然在禁止和掠夺
对你说着"滚开!"

昔日柏拉图借由阿里斯托芬
说出的神话，在今天仍
不乏善意。我们的整一的自然
在哪里？

只是在通往语言的途中，
这香气、花园和凝视
都需要新的人称。

我的爱欲，从来不缺少意义，
只是在独自的根深叶茂之中，
形式是一只夜莺，
狂热地繁衍着永恒和绝对。

音实难知

"音实难知，知实难逢"，他说，

难以理解攥紧权力的人，感受到自身

力量的形体，只是像营养不足的小绵羊

为人与人的压迫羞愤，失败者的洁癖与饿狼

也会在并非复数的时刻，步上一个人的头痛。

每次不免苦涩地路过，一起奔走的人们

来到诊室，用尝试的启齿，把我耗尽。

还是去感受沿街店铺的喧哗与骚动，

像某种轻飘之物，服装店的模特，

经历了一次崩溃，两次弃绝

和形而上的转变，也决不能

成为他人。又在异乡，在典故的

虫洞，瞥见另一重太虚幻境①，流热泪。

幼时曾想伸出，对广场的花坛前

独坐老人的秘密，好奇的手，

现在已抵达，你即使抓住他问个不休

也无益，然而是遮蔽，你并没有自身训练

对遮蔽物的烛照与纠正。夏天，槐花淡黄，

我仍痛楚。我已越来越难打开

---

① 借赵晓辉《我是梦中传彩笔》。

更宽广的视域，局部使我纠缠，夜以继日
想要反复擦拭，不洁之眼。

麻 雀

这几日病中，你吞服药片。
一会儿混乱，
一会儿心明眼亮。
是些美丽的东西，
在征服你。
这时，你问他："是确切的吗？"
"一些麻雀。"
看着你，
心思澄澈又细腻的人
不能说出更多了。
窗外是悦耳，
好像有个理念世界，
推门或闭眼再睁开
就邀请你看得见。
茂密、清亮的声音。
你像舞者被吸引，满怀
激情。
这是几点了？
光线显得那么意外。
"夜莺，云雀，画眉，喜鹊。"
你喃喃地说。

那些灵巧可爱的

形象。

你真希望还有未来。

"再睡一会儿吧。"他说。

"不。"

这是，巨大的光明了——

爱和未来的工作。

书写之手（之一）

有一刻钟，我们谈论到写作中
的地狱、炼狱和天堂的阶段问题，
你没观察到，一种常绿树木的、
成熟苹果般的气息，像激情全部
弥漫在我身上。我伦理般颤抖。

我还是虫豸的灵魂，难以想象，
某一天，有人可以拥有，和其他人一样
一种属于自身的历史。就像拥有宽度的
爱，炫耀它，与不败坏等同。就像"挚爱"，
爱中的不完美令人难以忍受。

但真理海浪般进入事物，
变得清晰、质朴、恒常如新。
真理总是，在所有的激情过后，
两种的它相遇，打碎手中所拥有的
一切，当生命喷涌，爱是宽容。

我从未去过的地方

在我生命的深处，时间像白帆
朝前推进了许多里程。
一片明亮的疆域突然敞开。
那里，出现了一道界线——关于"新生"，

我的肉体，犹擅此道，却比以往更受"磨损"了。
苍老的子宫，也吹着新的风。
面对同一个世界，一套
新的视力表，一种更新的语言。

新年问候

你从童年的桃花源，来到了这里。
汉语是清晰的。你将它，傍身多年
犹如携带着水灵的瓷器，毫无察觉
它会渐渐变成带有你的温度、气味的
器皿，并渐渐开始命名，诸多事物。

每年过新年的时候，人们都会先使自己的语言
先于自己，如一场私人的问候般返回家乡，
自记忆的途中，挑选出那些最为温柔的食物，
风景和房子，挑出那片风景里的灵魂，
呼唤正变得亲切的名字，仿佛从来都未能离开多久。

直到这样做的过程中你突然明白，那将一个人
牢牢保护的地面，是什么。它会和
支撑一个人行走的力，相加。
曾经，在那里，你的母亲爬上
名山上的道教宫观，为你的父亲祈求。
从来都镌刻在你之中的，是一切和全体。

书写之手（之二）

公路光亮而蜿蜒，路一旁
树木、玉米、美人蕉、池塘里的莲，
都贪婪地吮吸着，雨水般的热量。

空气如大提琴，明亮而从容。
万物演奏着舒缓、优美的潜在音乐
是丰饶之海，从种子渐次成形。

而我也已完成爱和信赖的公式，
剩下只需细微调整事物的局部秩序，
更美好的生活，将由答案给出。

天很明亮。诗在升腾和坠落，
向着两个方向。这是晚近的风景中
灵魂处于悬崖，更普遍，更深诣。

我几乎听到了这样的话语，"你遭遇了什么？"
所有的形式，都仿佛通过了美妙的隧道，
进求单纯的本体，真确的所是。

群山回响

——心中描绘

云雾飘浮于山峰，道路蜿蜒向前。

于是，这里惊讶地响荡着窸窣的"你好"，

慵懒的"你好"，轻盈的"早上好啊"，

诸如此类，干净柔软的问候语：

当鹦鹉聒噪着仿佛在述说太阳的光临，

对趾型足抓在树枝上，

瑰丽的羽毛上被编织了梦幻的光；

当一汪波光粼粼的湖泊，惬意地

卧在略显呆板的峰峦之间，

自肃穆的重量之下，以不可谛听的汩汩声

渗出无数根水脉，它滋润，刺穿，

也哺育，每一块坚硬的土壤，

每一棵树，枝干，杈丫；

渺小的蚂蚁也敏感于空气湿度；

孔雀骄傲地拖曳折叠的扇子漫步；

尖嘴的小鸟鸣叫着；

蝴蝶和蜻蜓，轻盈的带翅昆虫，也总是

飞翔，旋绕，像彩色斑点；

每每这时，我都仿若新生，我蜷伏在

大自然的富丽之中，

既是缥缈的，又不可显影，

也无所不在，我飞过了这些巍峨凝固的山，

在光的游戏、山的起伏中，重新变得欢畅，

蓬勃，神秘，所有生灵是一个整体，

以一种古老的问候相拥，

沾带着绵延又跌宕的爱与善意，

每每这时，我却也会不忍心，等待

一段美好时光的结束。

告别伤心的爱密利亚小姐

告别伤心的爱密利亚小姐①
告别她像男人样的骨骼和能干的双手，
笨拙地将工裤和长筒雨靴送回纸上。

戴上草帽又摘下，正午，我前往一片宽阔的湖。
天气晴朗，少许游客，我和
热心的人问好，借一杯微酸甜的柠檬水。

这里的天空大而薄脆，
像一面干净广邈的镜子。
他心情愉悦，掰碎湛蓝的巨躯，

以浑熟灵巧的风格，倒映入水，
携手陶醉的山影，轻含
旖旎的白云，在水面温情而畅快地翻涌……

晒着的行进的船，
这时，和水波一起，柔情地呢喃，

---

①　爱密利亚小姐为美国作家卡森·麦卡勒斯所著《伤心咖啡馆之歌》中的女主人公。

涌动出一股一股的小翻卷，也宛若有音符中的

蝌蚪从裤腿游入我的手掌。
我好奇地感到，长着翅膀的
风儿，以自身特定的节奏，

推开，推开无形的小翻卷……一只
鸬鹚，几只，硕大的蜻蜓，
当我吹着清脆的口哨，飞掠而过。
太阳晒得，鼻尖黑亮。

惶 恐

它又来了。一个外部事件，一些
外部的思想，剧烈的疼痛。这一次
不是那种迷人的、不确定的事情，
而是有着"是"或"非"的力量的，
需进一步辨别的思想，就像幼年
一个夏日爬于床单、房间里
一些地方的米虫，令你恐惧和震惊。
贮藏室里堆满了太多的来不及吃掉的米，
造成了灾祸。你需要回来，
回到你个人的思想里，审视自己，与自己
辩驳。就像芸香是藏在书里的，用来杀蠹，
深藏于你个人的身体里的乌托邦，
有着一种纯粹而透明的语言，是每一个人的。
这充满着断裂的身体，为了拔除
牢固的晦暗而流动的身体，保留缺席的身体，
钟爱外部、丰富和生命的富饶的身体，接受
每一次新的敞开与辨析。
你，不安，等待确认。
美丽的身体和语言，如佩涅洛佩的
织物。而奥德修斯，将归来。

你知道，每一次拆解，都是新的
确认，白昼你将更高尚地去织造。

春　日

清晨，白云清洁。
微风拂面，
蓝天像一种新宗教。

今天，并不同于昨天，
思维清晰、敏捷，一个念头
会让地域变得美丽，没有人能够
阻拦另一个人。

人们站在长出新叶的树下
等待公交车。
它会将他们载往生活的轭。
经过电影制片厂旧址，
心想自己多么受限。

昨天，就是在一辆相似的公交车上
一位姑娘，对另一位姑娘说，
"我以为，公司会将员工的宿舍安排得
近一些呢……"
"那当然！这里，租金都很贵。"
另一位姑娘大声地答道。她已经

在这座城市，生活一段时间了。

生活得久了，也有弊端
感官变得有限，独自控制愤怒，
就像一个对非生命物体
有特殊兴趣的自闭症患儿，
在别的方面，比较不足。

图书在版编目（CIP）数据

命如珍珠 / 张慧君著. -- 武汉：长江文艺出版社，2023.1

（第 38 届青春诗会诗丛）

ISBN 978-7-5702-2895-9

Ⅰ．①命… Ⅱ．①张… Ⅲ．①诗集－中国－当代 Ⅳ．①I227

中国版本图书馆 CIP 数据核字（2022）第 165325 号

命如珍珠
MING RU ZHEN ZHU

特约编辑：寇硕恒

责任编辑：谈　骁　　　　　　　　　　责任校对：毛季慧

封面设计：张致远　　　　　　　　　　责任印制：邱　莉　　王光兴

出版：长江出版传媒　长江文艺出版社

地址：武汉市雄楚大街 268 号　　　　邮编：430070

发行：长江文艺出版社

http://www.cjlap.com

印刷：湖北新华印务有限公司

开本：880 毫米×1230 毫米　　　1/32　　　印张：4.75　　插页：4 页

版次：2023 年 1 月第 1 版　　　　　2023 年 1 月第 1 次印刷

行数：2520 行

定价：52.00 元

版权所有，盗版必究（举报电话：027—87679308　　87679310）

（图书出现印装问题，本社负责调换）